AF588861

20-21 FEVRIER 1914

VENTE

Des 20 et 21 Février 1914

HOTEL DROUOT, SALLE N° 6

A 2 HEURES 1/2

TABLEAUX ANCIENS

OBJETS D'ART, MEUBLES

Provenant du Château de R.acquencourt

(2e VENTE)

MURAT

COMMISSAIRE-PRISEUR

Me Henri BAUDOIN

EXPERTS

M. Georges SORTAIS

M. Édouard PAPE

CATALOGUE

DES

TABLEAUX ANCIENS

Par :

N. BERGHEM, VAN BRUSSEL, CAMPHUISEN, EVERDINGEN
HEEMSKERK, J. VAN HERCK, HONDEKOETER, HOUASSE, LAGRENÉE
G. DE LAIRESSE, R. LEFÈVRE
AD. VAN OSTADE, RACHEL RUYSCH, PH. WOUWERMAN, ETC.

TABLEAUX MODERNES

OBJETS D'ART ET D'AMEUBLEMENT

Porcelaines. Faïences. Biscuit

MARBRES ET MATIÈRES DURES

OBJETS VARIÉS

BRONZES D'AMEUBLEMENT

MEUBLES & SIÈGES ANCIENS & MODERNES

Le tout provenant du Château de R...

Et dont la Vente aura lieu à Paris

HOTEL DROUOT, SALLE N° 6

LES VENDREDI 20 ET SAMEDI 21 FÉVRIER 1914

A 2 HEURES 1/2

COMMISSAIRE-PRISEUR

Me Henri BAUDOIN, 10, rue de la Grange-Batelière

EXPERTS

Pour les Tableaux :
M. Georges SORTAIS, Peintre
Expert près le Tribunal civil de la Seine
11, rue Scribe

Pour les Meubles et Objets d'art :
M. Édouard PAPE
Expert près le Tribunal civil de la Seine
174, Faubourg-Saint-Honoré

EXPOSITION PUBLIQUE

Le Jeudi 19 Février 1914, de deux heures à six heures

CONDITIONS DE LA VENTE

Elle sera faite au comptant.

Les adjudicataires paieront *dix pour cent* en sus des enchères.

Paris. — Imp. de l'Art, Ch. Berger, 41, rue de la Victoire.

DÉSIGNATION

TABLEAUX ANCIENS

BERGHEM

(NICOLAS)

1620-1683

1 — *Troupeau à l'abreuvoir.*

Un pâtre et sa compagne lavent du linge en gardant leur troupeau qui se désaltère dans un cours d'eau.

Cadre parqueté. Haut., 29 cent.; larg., 35 cent.

BRUSSEL

(PAUL-THÉODORE VAN)

1754-1795

2 — *Fleurs.*

Roses, tulipes, pivoines et fleurs variées, dans un vase de terre cuite; bécasses mortes posées sur un entablement de pierre, et se détachant sur le fond d'un bois.

Signé en bas à droite : *Van Brussel, 1787.*

Toile. Haut., 1 mètre; larg., 86 cent.

CAMPHUISEN

(GOVERT)

1624-1674

3 — *Poule couvant.*

Dans une bourriche de paille près d'une écuelle en terre vernissée, une poule blanche couve ses œufs.

Signée en bas à gauche : *G. Camphuisen.*

Toile. Haut., 56 cent.; larg., 61 cent.

DAEL

(Attribué à VAN)

4 — *Fleurs.*

Roses, hortensias, tulipes et autres fleurs, dans un vase de cristal posé sur un entablement de marbre.

Toile. Haut., 97 cent.; larg., 76 cent.

Pendant du suivant.

DAEL

(Attribué à VAN)

5 — *Fleurs.*

Tulipes, roses, hortensias et autres fleurs, dans un vase de cristal, posé sur un entablement de marbre.

Toile. Haut., 97 cent.; larg., 76 cent.

Pendant du précédent.

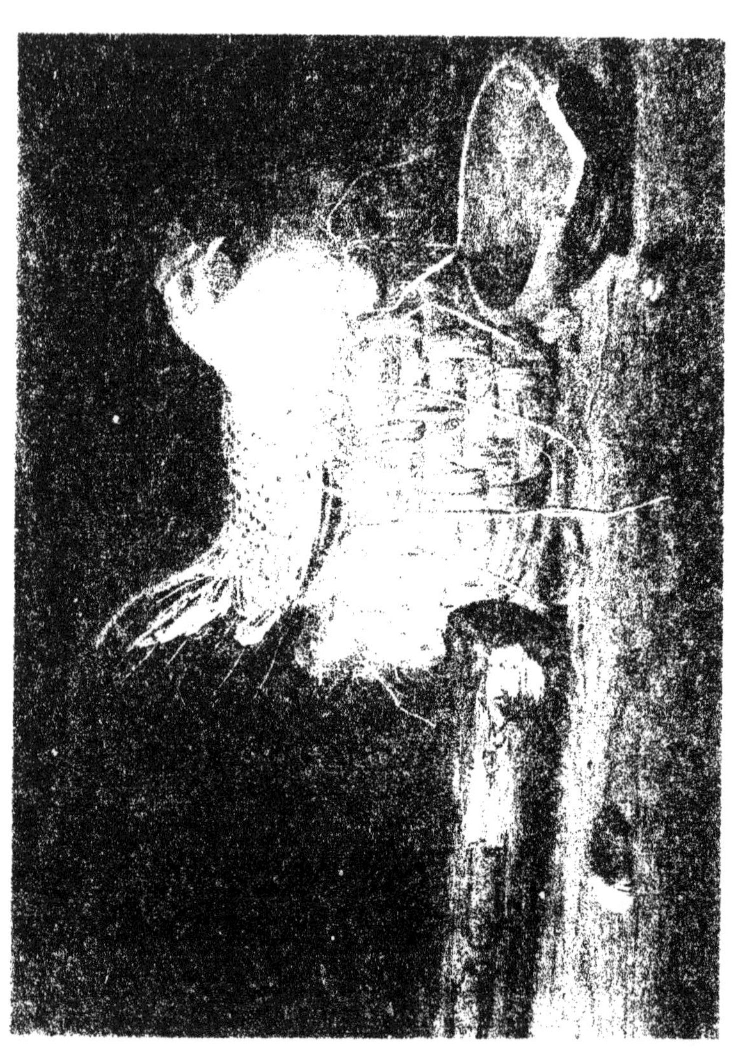

CAMPHUISEN

[illegible]

DAEL

[illegible]

DAEL

[illegible]

EVERDINGEN

(ALBERT VAN)

1621-1675

6 — *Le Moulin à eau.*

Dans une forêt près d'une rivière coulant en cascade au milieu de gros rocs, on aperçoit un moulin à eau : derrière, une chaumière construite en planches ; à gauche, un groupe de villageois s'éloigne. 8000

Œuvre d'une très belle qualité.

Signée en bas à gauche : *Everdingen.* A-V.

Toile. Haut., 87 cent.; larg., 7[illegible] cent. [illegible]

Provenant des Collections de Reiset, M. Pierard et de Morny, 1865.

1.100 6.800

ÉCOLE FLAMANDE

(XVIIe siècle)

7 — *Fleurs.* 550

Roses, anémones, narcisses et fleurs variées, dans un vase de cuivre posé sur un entablement de pierre.

Toile. Haut., 75 cent.; larg., 58 cent.

ÉCOLE FLAMANDE

(XVIIIe siècle)

8 — *La Grâce d'Alexandre le Grand.*

Toile. Haut., 1 m. 45 cent.; larg., 1 m. 42 cent.

ÉCOLE FLAMANDE

(Fin du XVIIIe siècle)

9 — *Le Pont rustique.*

Bois. Haut., 22 cent., larg., 28 cent.

ÉCOLE HOLLANDAISE

(XVIIe siècle)

10 — *Marine.*

Des navires en perdition près de récifs.

Toile. Haut., 48 cent.; larg., 65 cent.

ÉCOLE HOLLANDAISE

(XVIIe siècle)

11 — *La Demande en mariage.*

Un grand prêtre présente au roi deux fiancés qui s'avancent devant les marches de son trône.

Toile. Haut., 1 m. 25 cent.; larg., 94 cent.

ÉCOLE HOLLANDAISE

(XVIIe siècle)

12 — *Scène bachique.*

Sous de grands arbres, dans un site montagneux, bacchants et bacchantes se récréent.

Bois. Haut., 68 cent.; larg., 54 cent.

ÉCOLE HOLLANDAISE

(Commencement du XIXe siècle)

13 — *Paysage.*

Trois vaches au repos au pied d'un arbre dans un paysage à terrain découvert.

Toile. Haut., 61 cent.; larg., 7[illegible] cent.

ÉCOLE HOLLANDAISE

(Commencement du XIXe siècle)

14 — *Paysage.*

Un jeune pâtre garde une vache au bord d'une rivière.

Toile. Haut., 45 cent.; larg., 62 cent.

ÉCOLE ITALIENNE

(XVIIe siècle)

15 — *L'Adoration des bergers.*

Peinture sur marbre.

Haut., 49 cent.; larg., 51 cent.

ÉCOLE ITALIENNE

(XVIIe siècle)

16 — *Oiseaux de basse-cour.*

Coq, poules et dindons dans un paysage.

Toile. Haut., 98 cent.; larg., 7[illegible] cent.

HEEMSKERK

17 — *L'Heure de la traite.*

A l'orée d'un bois, une fermière entourée de moutons trait ses vaches ; debout près d'elle, une paysanne lui parle ; au fond, on aperçoit un village.

Signé et daté en bas à gauche : *T. Heemskerk, 1731.*

Bois. Haut., 41 cent ; larg., 58 cent.

HERCK

(JACQUES-MELCHIOR VAN)

(1672-1736)

18 — *Fleurs et Fruits.*

Tulipes, boules de neige, capucines, camomille, pavots et autres fleurs, dans un vase de porphyre sur un entablement de pierre ; à droite, une grenade ouverte et une branche de prunier sur laquelle est perchée une perruche.

Signé à gauche vers le milieu : *J. M. Van Herck.*

Toile cintrée Haut., 1 m. 13 cent. ; larg., 81 cent.

HONDEKOETER

(GISBERT)

1613-1653

19 — *Oiseaux de basse-cour.*

Nichées de pigeons à terre dans un panier et se détachant sur un fond de paysage.

Toile. Haut., 98 cent. ; larg., 72 cent.

HONDEKOETER

École de M. DE

20 — *Oiseaux de basse-cour.*

Coq, poule blanche et ses poussins dans un paysage.

Bois. Haut., 1 mètre; larg., 7[illegible] cent.

HOUASSE

(MICHEL-ANGE)

1675-1730

21 — *Portrait présumé d'un Infant d'Espagne.*

Debout en pied et de face sous un péristyle de pierre, coiffé d'une perruque à frimas, vêtu d'un habit de velours lie de vin brodé d'or et d'un gilet de satin blanc broché à boutons d'or; il tient son chapeau dans la main gauche, la droite appuyée sur la hanche.

Toile. Haut., 1 m. 05 cent.; larg., 75 cent.

Galerie des Palais Nationaux. Exposition rétrospective de 1878.

HOUKENS

22 — *Le Marché.*

A l'entrée d'un port, dans un site montagneux, près d'une fontaine monumentale en marbre, des paysans vendent le produit de leur récolte.

Signé en bas à droite : *Houkens.*

Bois. Haut., 50 cent.; larg., 70 cent.

LAGRENÉE

(LOUIS)

1724-1805

23 — *Le Temps découvrant la Vérité des ténèbres où elle était ensevelie.*

Signé et daté en bas à droite : *L. Lagrenée, 1781.*

Toile. Haut., 73 cent.; larg., 60 cent.

LAIRESSE

(GÉRARD DE)

1640-1711

24 — *Psyché se plaignant à Junon.*

Junon s'avance et reçoit les griefs de Psyché ; à leurs pieds, l'Amour les yeux bandés se désole.

Bois. Haut., 50 cent.; larg., 68 mètres.

Provenant de la galerie du Baron de Brienen de Grootelindt en 1865.

LAURENS

(JEAN-PAUL)

25 — *Deux Druides assistants portant des cierges.*

Signé en bas à gauche : *J. Paul Laurens.*

Toile. Haut., 45 cent.; larg., 30 cent.

Exposition de Rouen.

LAGRENÉE

[illegible]

[illegible]

[illegible] — *Le Temps découvrant la Vérité* [illegible] *elle* [illegible]

[illegible]

[illegible]

LAIRESSE

[illegible]

[illegible]

[illegible] — *Esclaves* [illegible] *plaidant à Dieu.*

[illegible]

[illegible]

Provenant de la galerie du [illegible] *1862.*

LAURENS

(JEAN-PAUL)

25 — *Deux Druides assistants portant des cierges.*

[illegible] *J. Paul Laurens.*

[illegible]

Exposition de Reims.

LECLERC DES GOBELINS

(Attribué à)

26 — *Récréation champêtre.*

Sous les grands arbres d'un paysage baigné d'un cours d'eau, deux couples, assis à terre devant une nappe garnie, boivent et choquent leurs verres que remplit un laquais; derrière à gauche, un couple assis chante aux sons d'une guitare, tandis que deux enfants se dirigent vers eux.

Toile. Haut., 71 cent.; larg., 95 cent.

LEFÈVRE

(ROBERT)

1756-1830

27 — *Portrait présumé d'une Princesse impériale.*

A mi-corps de trois quarts à droite, vêtue d'une robe de soie blanche décolletée, à demi-enveloppée d'un châle rouge.

Toile. Haut., 92 cent.; larg., 73 cent.

LEMAIRE

(MADELEINE)

28 — *Corbeille de fleurs et ara.*

Dessus de porte.

Signé en bas à droite : *Madeleine Lemaire.*

Toile. Haut., 46 cent.; larg., 95 cent.

LEVY
(ÉMILE)
1826-1890

29 — *Vercingétorix se rendant à César.*

« Vercingétorix n'attendit point que les centurions romains le traînassent pieds et poings liés aux genoux de César. Montant sur son cheval, enharnaché comme dans un jour de bataille, revêtu lui-même de sa plus riche armure, il sortit d'Alésia, et traversa au galop l'intervalle des deux camps jusqu'au lieu où siégeait le proconsul... Il sauta de cheval, et prenant son épée, son javelot, son casque, il les jeta aux pieds du Romain, sans prononcer une parole...

« Amédée Thierry. »

Signé en bas à droite : *E.-L. 1863.*

Toile. Haut., 73 cent.; larg., 1 m. 10 cent.

Salon de 1863.

LEVY
(ÉMILE)
1826-1890

30 — *La Messe aux champs.*

Coutume des paysans dans la campagne de Rome.
Signé et daté en bas à gauche : *Émile Lévy, 1862.*

Toile. Haut., 47 cent.; larg., 73 cent.

Salon de 1863.

MEULEN

(École de VAN DER)

31 — *Prise d'une ville de Flandre, sur les bords d'un fleuve.*

Un officier reçoit des ordres du roi Louis XIV, entouré des officiers de sa maison. Au fond, une ville au bord d'un fleuve (le Rhin peut-être) que les troupes traversent à la nage.

Toile. Haut., 54 cent.; larg., 90 cent.

MEYERHEIM

(FRANÇOIS)

1838-1880

32 — *Le Goûter des enfants.*

Signé et daté en bas à gauche : *F.-E. Meyerheim, 1861.*

Toile. Haut., 48 cent.; larg., 39 cent.

MORONI

(École de)

33 — *Portrait de Michel de Massa.*

A mi-corps, vêtu de noir, il porte un collier blanc à croix noire; un compas dans la main gauche, il trace des caractères de la main droite.

Toile. Haut., 1 mètre; larg., 74 cent.

OSTADE

(ADRIEN VAN)

1610-1685

34 — *Vue extérieure d'une ferme.*

Devant une chaumière, une ménagère est occupée à vider des poissons ; à gauche, à terre, un chat dévore des détritus ; derrière, des ustensiles de cuisine sont posés sur un banc et des planches le long du mur. Au fond, dans l'ouverture d'une porte de bois, on aperçoit un garçon, une petite fille et un chien. A l'arrière plan, une chaumière se détache sur un ciel nuageux.

Signé vers le milieu à gauche : *A. Ostade.*

Bois. Haut., 45 cent. 1/2; larg., 36 cent.

Ancienne Collection du Baron de Brienen de Grootelindt en 1865.

RUYSCH

(RACHEL)

1664-1750

35 — *Fruits.*

Melon, raisins, prunes, pêches, coing, grenade posés à terre ; derrière, sur un entablement de pierre, un vase de bronze garni de raisins, prunes, nèfles, etc.

Signé et daté en bas vers la gauche : *Rachel Ruysch, 1747.*

Toile. Haut., 91 cent.; larg., 70 cent.

Pendant du suivant.

Ancienne Collection du Duc de Morny, 1865.

OSTADE

ADRIEN VAN

[illegible]

34 — *Vue extérieure d'une ferme.*

[illegible] Au fond, dans [illegible] un garçon, une pe[illegible] se détache [illegible]

[illegible] A. *Ostade* [illegible]

[illegible]

Ancienne Collection du Baron de [illegible]

RUYSCH

RACHEL

[illegible]

35 — *Fruits.*

Melon, raisins, prunes, pêches, [illegible] sur un entablement de pierre [illegible] bronze [illegible] de raisins, prunes, noisettes, etc.

Signé et daté en bas vers la gauche : *Rachel Ruysch,* [illegible]

[illegible]

Pendant du suivant.

Ancienne Collection du Duc de Morny [illegible]

RUYSCH
(RACHEL)
1664-1750

36 — *Fleurs.*

Roses blanches et roses roses, pavots et œillets, dans un vase de cristal posé sur un entablement de marbre.

Signé en bas à droite : *Rachel Ruysch.*

Toile. Haut., 80 cent.; larg., 64 cent.

Pendant du précédent.

Ancienne Collection du Duc de Morny, 1865.

TENIERS
(D'après DAVID)

37 — *Le Cabaret en plein air.*

Bois. Haut., 49 cent.; larg., 1 m. 70 cent.

Dessus de porte.

WOUWERMAN

(PHILIPPE)

1619-1668

38 — *Retour de la chasse au faucon.*

Des cavaliers et leurs compagnes sont arrêtés au milieu d'un paysage accidenté ; à gauche, un valet tenant son cheval par la bride le conduit boire à un ruisseau.

Bois. Haut., 36 cent.; larg., 41 cent.

Ancienne Collection du Baron de Brienen de Grootelindt en 1865.

ÉCOLE FRANÇAISE

39 — *Vénus et les Amours.*

Dessin aux deux crayons.

WOUWERMAN

[illegible]

[illegible]

38 — *Retour de la chasse au* [illegible]

Des cavaliers et leurs compagn[illegible] d'un paysage accidenté; à gauche, un [illegible] par la bride [illegible] boire à un [illegible]

[illegible]

Ancienne Collection du Baron de Brese [illegible]

ÉCOLE FRANÇAISE

39 — *Vénus et les Amours.*

Dessin aux deux crayons.

FAIENCES ET PORCELAINES

ANCIENNES ET MODERNES

40 — Jardinière, en forme de cygne. Céramique moderne.

41 — Vase à piédouche, orné d'enfants en ronde bosse et de feuillages dorés. Céramique moderne.

42 — Deux statuettes de jeune fille et jeune garçon, se faisant pendants. Biscuit.

43 — Vase en porcelaine fond rouge, présentant un cartouche à paysages et des anses dorées formées de torses d'enfants.

44 — Héron, décoré au naturel, supportant une vasque. Céramique moderne.

45 — Statuette, représentant Geneviève de Brabant tenant le cou d'une chèvre entre ses bras. Biscuit.

46 — Vase couvert en faïence blanche ornée de guirlandes de perles dorées.

47-48 — Lot de céramique moderne. (Sera divisé.)

49 — Plat, décor de personnages en ancienne porcelaine de Chine, décor camaïeu bleu.

50 — Vase en porcelaine de Chine, décoré de scènes chinoises polychromes et, au col, de caractères chinois.

51 — Paire de grosses potiches couvertes en porcelaine genre Saxe, présentant des cartouches ornés de fleurs et scènes galantes se détachant sur un fond bleu.

52 — Vasque en porcelaine de Chine, décor camaïeu bleu.

53 — Bidet en vieux Rouen polychrome.

54 — Statuette de baigneuse, relevant sa robe vers le milieu du corps et prête à entrer dans l'eau. Biscuit de Sèvres.

55 — Statuette de baigneuse, pendant du précédent. Biscuit de Sèvres.

56 — Vase, entièrement couvert de larges chrysanthèmes et de branchages stylisés. Porcelaine de Chine.

57 — Paire de très grands vases en porcelaine de Chine, présentant de grands cartouches à personnages et des rameaux fleuris en camaïeu bleu à léger relief sur un fond céladon vert pâle.

58 — Statuette de jeune femme drapée, le bras gauche appuyé sur une colombe. Biscuit de Sèvres.

59 — Vase en porcelaine de Sèvres, présentant des griffons, rinceaux et feuilles sur fond bleu.

60 — Bouteille, à double tubulure, en ancienne faïence de Delft, présentant des personnages et des paysages en camaïeu bleu.

61 — Paire de vases en porcelaine de la Chine, présentant de grands personnages polychromes sur fond rose.

62 à 64 — Cinq potiches en ancienne porcelaine du Japon, dont trois avec monture, en bronze ciselé et doré. (Seront divisées.)

65 — Deux grosses bouteilles piriformes en porcelaine de Chine, décorées de fleurs, oiseaux et lambrequins en camaïeu bleu.

66 — Potiche en ancienne porcelaine de Chine, à décor de paysages en camaïeu bleu. Elle est ornée à l'épaulement de quatre têtes de monstres tenant des anneaux simulés.

67 — Paire de grands vases, à col évasé, en porcelaine de Chine, présentant des cartouches à personnages sur fond bleu chargé de dragons et de nuages.

68 — Deux vases étrusques, décor de personnages sur fond noir.

69 — Statue de jeune femme, dont la draperie laisse à découvert le haut de la poitrine et le bas des jambes. Elle tient une urne qu'elle semble déverser sur le sol. Biscuit.

MARBRES

ET MATIÈRES DURES

70 — Lion assis en marbre blanc. XVIIe siècle.

71 — Statuette de l'Amour, les ailes éployées, s'appuyant à un tronc d'arbre où est accroché un carquois plein de flèches. Marbre blanc.

72 — Le Gaulois blessé, statuette de guerrier nu, s'appuyant sur le sol de la main droite. Marbre blanc.

73 — Statuette de Muse, portant une couronne de la main gauche. Marbre blanc.

74 — Statuette de Diane, d'après l'antique. Marbre blanc.

75 — Statuette de jeune femme debout, arrosant des fleurs. Marbre blanc.

76 — Statuette de femme debout, tenant dans la main gauche un nid d'oiseaux et dans la main droite un panier de fleurs. Marbre blanc.

77 — Buste de faune, la tête couronnée de lierre, les épaules couvertes de la dépouille d'une chèvre. Marbre blanc.

78 — Statue de femme couchée, tenant de la main droite une sorte de tambour de basque. Marbre. XIXe siècle.

79-80 — Lot de fûts de colonnes, gaines, piédestaux, marbre, plâtre ou composition. (Sera divisé.)

OBJETS VARIÉS

81 — Lot de supports en bois doré.

82-83 — Lot de coffrets. (Sera divisé.)

84-85 — Lot de cadres. (Sera divisé.)

86 — Quatre statues de femmes, portant une corne d'abondance, en bois sculpté et doré. XVIIIe siècle. 23.280 Zouzain

Haut. totale, 2 m. 30 cent. avec le soubassement.

87 — Grosse bouteille en bois rouge entièrement ouvragée. Travail chinois.

88 — Buste d'homme. Plâtre. XIXe siècle.

BRONZES

PIÈCES MONTÉES

89 — Paire de chenets, formés de vases soutenus par des dauphins.

90 — Paire de très grands candélabres, formés de femmes en bronze patiné, tenant dans leurs bras une corne d'abondance d'où sortent dix lumières en bronze ciselé et doré.

91 — Paire de cassolettes en bronze ciselé et doré, formées de trois pieds de boucs se terminant en têtes de Maures et supportant des vases peints en bleu. Style Louis XVI.

92 — Petit groupe en bronze patiné : Silène entouré de nymphes et de faunes.

93 — Paire de chenets, formés de jeunes enfants en bronze patiné, tenant l'un une corne d'abondance et l'autre des épis. Base en bronze ciselé et doré.

94 — Paire de candélabres, formés de femmes en bronze patiné, supportant dix lumières en bronze doré. Elles sont accompagnées d'amours en bronze doré, tenant des oiseaux. Style Louis XVI.

95 — Paire de grands vases supportant des candélabres, à treize lumières, ornés d'anses et de frises en bronze ciselé et doré.

96 — Paire de grands vases, en porcelaine de Chine, offrant des cartouches décorés d'oiseaux et de personnages sur fond bleu imitant le craquelé. Monture en bronze doré. Style Louis XVI.

97 — Paire de candélabres, à sept lumières soutenues par trois autruches en bronze ciselé et doré.

98 — Cinq vases en porcelaine flambée. Monture en bronze doré, de style Louis XVI.

99 — Paire de candélabres, formés d'un homme et d'une femme en bronze patiné, ayant à leurs pieds des instruments de musique. Ils soutiennent chacun une corne d'abondance d'où jaillissent dix lumières en bronze ciselé et doré. Style Louis XVI.

100 — Paire de vases en porcelaine flambée. Monture en bronze doré, de style Louis XVI.

101 — Bouteille en porcelaine rouge et noire. Monture en bronze doré.

102 — Paire de très grands candélabres, formés d'enfants, en bronze patiné, soutenant un vase d'où jaillissent des lis en bronze doré.

103 — Paire de vases en porcelaine flambée, à huit pans. Monture en bronze doré.

104 — Deux vases en porcelaine à fond bleu, décorés de feuilles de vigne dorées. Monture en bronze doré, à pieds de boucs et jeunes faunes couronnant les anses. Style Louis XVI.

105 — Paire de candélabres, formés de trois amours dansant autour d'un fût de colonne qui supporte sept lumières. Bronze ciselé et doré.

106 — Potiche en ancienne porcelaine de Chine, décor camaïeu bleu. Monture en bronze ciselé et doré, à draperies se nouant sur les flancs du vase.

107 — Paires de candélabres en bronze doré, à cinq lumières, présentant deux personnages en porcelaine du Japon.

108 — Grand vase en porcelaine de Chine, décoré de grands cartouches ornés de guerriers se détachant sur un fond bleu chargé de fleurs et papillons polychromes. Monture en bronze ciselé et doré.

109 — Paire de chenets, formés de femmes ailées se terminant en rinceaux et soutenant un vase d'où s'échappent des flammes. Bronze doré.

110 — Paire de potiches en porcelaine de Chine, présentant sur un fond vert céladon une collerette et deux zones camaïeu bleu. Monture en bronze doré, de style Louis XV.

111 — Pendule Empire, en forme de temple. Elle comporte des colonnes d'albâtre et motifs de bronze doré.

112 — Paire de grands vases, présentant, sur un fond vert céladon, une collerette et une zone décorées de lambrequins et ornements divers en camaïeu bleu. Porcelaine de Chine. Monture en bronze ciselé et doré, de style Louis XV.

113 — Vase couvert en marbre brèche. Monture en bronze ciselé et doré, de style Louis XVI.

114 — Deux bustes d'homme et de femme, d'après l'antique. La tête et le cou sont en bronze patiné. Les épaules sont recouvertes d'une draperie en marbre de couleur.

115 — Grande lanterne en bronze ciselé et doré. Style Louis XVI.

MEUBLES ET SIÈGES

ANCIENS ET MODERNES

116 — Bois de paravent, à six feuilles, en bois doré.

117 — Prie-Dieu en bois peint blanc. Style Louis XVI.

118 — Guéridon, à quatre pieds, en acajou. Dessus de marbre blanc ouvragé. Style Louis XVI.

119 — Deux vitrines basses en bois noir, à trois glaces chacune. Encadrements, frises, consoles en bronze doré. Style Louis XVI.

120 — Cabinet chinois laqué noir et or, décoré de personnages et paysages.

121 — Bois d'écran en bois sculpté et doré, de style Louis XIV.

122 — Petit écran, de forme ovale, en bois sculpté et doré.

123 — Cartonnier à marqueterie de fleurs en bois de placage. XVIIIe siècle.

124 — Écran, de forme rectangulaire, portant à la partie supérieure les emblèmes de l'Amour. Feuille en soie brodée, présentant un perroquet après lequel aboie un chien. Style Louis XVI.

125 — Deux meubles bas, à portes pleines ornées de vases de fleurs en matières dures. Encadrements et motifs en bronze doré. Dessus de marbre noir.

126 — Cabinet italien, à deux corps, en bois noir à incrustations d'ivoire.

127 — Petit modèle de canapé en bois sculpté et doré. Style Louis XV.

128 — Écran, de forme rectangulaire, en bois sculpté et doré, présentant sur les côtés des colonnettes à cannelures et à la partie supérieure un carquois, une torche et une couronne de roses. Style Louis XVI.

129-130 — Deux vitrines en acajou. Style Louis XVI.

131 — Guéridon, à trois pieds de lion, en bronze doré. Dessus de marbre.

132 — Guéridon, dont le fût en bronze doré simule un arbre autour duquel s'enroule un serpent. Dessus de marbre à mosaïque.

133-134 — Deux tabourets, de forme ovale, en bois doré. Style Louis XVI.

135 — Petite table en bois noir à filets d'or, avec écran.

136 — Guéridon, à trois pieds, en bois sculpté et doré. Dessus de marbre noir à mosaïque de fleurs.

137 — Petite table, à quatre pieds, en bois noir. Bordure d'os gravé.

138 — Paravent, à quatre feuilles, en bois sculpté, doré et peint noir.

139 — Guéridon supporté par trois pieds de boucs. Dessus de marbre blanc.

140 — Table, à quatre pieds et plateau d'entrejambes, marquetée d'écaille, de nacre et d'ébène. Elle supporte un coffret orné de personnages d'ivoire en relief.

141 — Deux jardinières en palissandre et ornements de bronze doré.

142 — Table-console en bois sculpté et doré, avec dessus de marbre. Style Louis XIV.

143 — Paravent, à quatre feuilles, orné à la partie supérieure de fleurettes. Bois peint. Époque Louis XVI.

144 — Guéridon, à trois pieds feuillagés et rubans de bronze doré. Plateau de mosaïque de marbre.

145 — Baromètre en bois doré, orné de fleurettes.

146 — Fauteuil à médaillon en bois sculpté et doré, à décor d'entrelacs et de perlés.

147 — Baromètre en bois sculpté et doré. La partie supérieure, d'où se déroulent des guirlandes de fleurs, est couronnée par un aigle. Fin du XVIIIe siècle.

148 — Bureau bonheur-du-jour, à abattant, en acajou moucheté, avec galerie de cuivre. Époque Louis XVI.

149 — Quatre chaises en bois sculpté et doré, ornées de tores de lauriers, rais de cœur et cordelettes. Pieds cannelés. Époque Louis XVI.

150 — Très petit canapé en bois sculpté et doré, à dossier mouvementé, orné de fleurettes et de motifs rocailles. Époque Louis XV.

151 — Objets omis.